Dans la gueule
des Loups Noirs

À tous ceux qui aiment les histoires qui font peur.
C. C.

L'orthographe rectifiée, qui fait désormais référence
dans les programmes scolaires, est appliquée dans cet ouvrage.

© 2016 Éditions NATHAN, SEJER, 25, avenue Pierre-de-Coubertin, 75013 Paris
Loi n° 49-956 du 16 juillet 1949 sur les publications destinées à la jeunesse,
modifiée par la loi n° 2011-525 du 17 mai 2011.
ISBN : 978-2-09-256412-7
N° éditeur : 10240821 – Dépôt légal : avril 2016
Achevé d'imprimer en novembre 2017 par Pollina (85400 Luçon, France) - 82580B

CHRISTELLE CHATEL

Brune du lac

Dans la gueule
des Loups Noirs

Illustrations de Sébastien Pelon

CHAPITRE 1

*Nous étions cinq voyageurs
À prendre la route,
Dès l'aube, sous une faible lueur.
Seuls les pas de nos destriers
Résonnaient dans le silence
De la forêt à peine éveillée...*

Brune se laisse bercer par les paroles de son ami Thibault le troubadour. En selle sur le poney Feu Follet, les deux enfants, les joues rougies par le froid, cheminent en tête du convoi, parti dès l'aube du château de Beauregard.

– La route est-elle longue jusqu'à Saint-Pierre-de-Vours ? demande Brune à son parrain, Père Jean, qui se trouve juste derrière eux.

Le moine a accepté qu'ils l'accompagnent tous deux jusqu'à la ville où il doit rencontrer son évêque. À la demande du Seigneur de Beauregard et de son épouse, leur fille, damoiselle Béatrice, est aussi du voyage. Et le chevalier Enguerrand du Lac, le père de Brune, a pour mission de tous les escorter.

– Parrain ? reprend Brune.

Concentré sur la conduite des deux mules qui tirent le chariot dans lequel est installée Béatrice, Père Jean ne réagit toujours pas. Ses yeux bleus fixent la brume givrée enveloppant les arbres, telle une couverture, et il semble soucieux.

À travers les branches, Brune croit apercevoir une ombre, qui disparait aussitôt.

Soudain, un froissement de feuilles la fait sursauter, mais c'est Enguerrand qui remonte à sa hauteur, sur son noir destrier.

– Il nous faudra plusieurs jours de marche, répond-il à la place du moine. Alors tâche de garder ton allure. Et toi le troubadour, continue à chanter. Cela fera fuir les bêtes sauvages.

À ces mots, Thibault, effrayé, devient aussitôt muet.

– Rrrrrrr…

Brune frémit, et jette un coup d'œil vers son père. Serait-ce lui qui vient de ronronner ainsi, dans sa barbe ?

– À votre droite, entre les deux sapins ! souffle alors Enguerrand. Un lynx nous observe !

Père Jean tire par réflexe sur les rênes des mules. Béatrice sort sa tête de la tenture qui recouvre le chariot. Le gros chat, aux

oreilles ornées d'un plumet, s'enfuit d'un bond avec une souplesse qui fascine Brune.

– Ce sont des animaux rapides, mais, un jour, j'en ai capturé un. Leur fourrure est bien chaude, hé, hé! se vante le chevalier en caressant d'une main le revers de sa veste au pelage roux moucheté de noir.

Brune sourit. Elle non plus ne craint pas les bêtes sauvages.

Elle repense à la dernière fois qu'elle a voyagé, il y a déjà plusieurs lunes. Elle était alors seule avec son père. Ils venaient du monastère où Père Jean l'avait élevée depuis tout bébé. Un beau jour, Enguerrand avait fait irruption dans la vie de Brune, et l'avait conduite au château de Beauregard pour qu'elle y reçoive une éducation de damoiselle.

– En avant Feu Follet! crie la fillette. Par le fer et par le feu, cette brume va-t-elle finir par se lever?

Et, d'un geste, elle fend l'air avec son épée de bois. Ce n'est point ce qu'une damoiselle est censée faire, mais Brune ne rêve pas de devenir une princesse. Un jour, elle sera chevalière, et combattra les plus féroces des dragons !

– Hé ! Doucement ! râle Thibault en s'agrippant à sa ceinture. Tu vas me faire tomber !

Puis il ajoute tout bas, à l'oreille de la cavalière :

– Est-on certain que Béatrice parviendra à marcher une fois là-bas ?

– Mon parrain m'a dit que saint Pierre de Vours avait déjà réalisé de nombreux miracles, assure Brune. J'en espère un pour ma chère amie, et puis… un autre.

– Lequel ? interroge Thibault, soudain curieux.

Brune refuse de le lui dire, du moins pas encore. Elle craint que ce miracle ne se réalise pas si elle le dévoile.

Les heures filent, et peu à peu la forêt s'éclaire.

– Mon ventre coasse, tellement j'ai faim ! déclare Brune.

– Déjà ? s'étonne Enguerrand.

– Mes mules sont épuisées, annonce Père Jean. Ce charriot est si lourd ! Que transportez-vous donc, damoiselle Béatrice, à part nos provisions ?

Le moine écarte la tenture, mais ce n'est point le visage encadré de cheveux blonds de la fille du seigneur qui apparait. Une truffe noire humide le renifle et une langue rose lui lèche la joue…

Le moine se fige, puis s'emporte, le visage pourpre de colère, contre les trois enfants.

– Comment ? Vous avez emmené votre ourson !

Brune arrête Feu Follet, et Thibault, gêné, enfonce sa tête dans son capuchon.

– Si vous étiez resté plus longtemps en visite au château, Parrain, vous sauriez qu'Arthur ne nous quitte jamais, explique sa filleule, avec son plus beau sourire.

Enguerrand pousse un profond soupir, et contourne le charriot avec son cheval pour en inspecter le chargement.

– Ce goinfre a vidé nos sacs de nourriture ! s'exclame-t-il, outré, de sa grosse voix.

Béatrice tente de retenir l'ourson par son collier, et balbutie :

– J'ai dû m'assoupir… je n'ai rien vu !

D'un bond, Arthur finit par sauter du charriot, provoquant la colère du destrier d'Enguerrand qui se cabre et hennit. L'ourson détale, suivi brusquement par les mules enfin soulagées du poids à tirer, et de Feu Follet, toujours prêt à faire la course.

– Holà ! s'affole Père Jean. Calmons-nous !

– J'aperçois des cheminées qui fument !

– Il y a un village, tout près ! lance Brune, secouée par le galop du poney. Nous allons trouver de quoi manger !

CHAPITRE 2

En cette fin de journée d'hiver, le silence règne au milieu des masures. L'air est soudain plus doux, mais Brune frissonne. Elle sent qu'on les épie, derrière les fenêtres.

Tout à coup, clic-clac, clic-clac. Une étrange musique la met en alerte. Brune serre le pommeau de son épée de bois, et aperçoit alors une silhouette qui vient à leur rencontre au son de ce cliquetis.

– Regardez cet étrange bonhomme, murmure la cavalière.

Vouté sous le poids d'une grosse hotte,

l'inconnu très maigre et très grand semble en équilibre sur ses longues jambes. Il est vêtu d'un surcot[1] bariolé et porte un chapeau à trois pointes sur lequel s'agite une immense plume rouge et bleue.

— Oh, c'est juste un «pied poudreux[2]», soupire Thibault d'un ton dédaigneux.

Arthur l'ourson, qu'il tient désormais fermement en laisse, grogne et tire sur son collier, visiblement méfiant.

— Santé, gloire et prospérité! les salue l'homme dans une révérence. Messeigneurs, damoiselle, sire l'ours, avec Arnolf tous vos désirs deviendront réalité!

— Nous souhaitons juste nous restaurer, répond sèchement Enguerrand.

Brune fixe les mains d'Arnolf, qui volètent comme des papillons en direction

1. Au Moyen Âge, vêtement porté par les hommes et les femmes par-dessus une chemise.
2. Marchand voyageur, colporteur.

d'une bâtisse au toit de chaume, quelques pas devant eux.

– L'auberge de La Belette Ventrue accueille les voyageurs, annonce le colporteur. Et moi aussi, je mangerais bien une soupe et un quignon de pain.

Brune n'est encore jamais allée dans une auberge. Est-ce un lieu dangereux ? Elle sent son père sur ses gardes et, quand Père Jean descend de son charriot, elle surprend l'éclat d'une lame qui brille à sa ceinture. Lui aussi porte une épée, au pommeau de nacre blanche, plus courte et plus fine que celle d'Enguerrand, mais tout aussi impressionnante.

– Damoiselle, nous allons vous porter à l'intérieur, annonce Enguerrand à Béatrice en l'aidant à descendre du charriot. Et toi Thibault, attache ton ours avec les chevaux.

Le marchand ambulant retire son chapeau, et s'incline sur leur passage, tout en ouvrant la porte de l'auberge.

– Alors Arnolf, la route a-t-elle été bonne ? lui demande aussitôt l'aubergiste.

Brune écarquille les yeux face aux tables où sont installés paysans et pèlerins,

solitaires ou en famille. La rumeur des conversations et la chaleur du feu lui donnent l'impression de pénétrer dans un autre monde.

– Hâtons-nous de nous restaurer, propose Père Jean en choisissant une table. Autant être discrets.

Même assis, Enguerrand domine l'assemblée de sa haute taille, et impose le respect… malgré son siège qui craque sous son poids !

– J'aurais un remède à vous vendre pour la damoiselle qui ne marche pas, leur propose Arnolf.

– Ah ? s'étonne Brune, tout en détaillant le contenu de sa hotte remplie de flacons, d'écuelles, de bonnets, de rubans… Lequel ?

– Mes plantes sont magiques ! assure Arnolf. Elles redonnent la vue aux aveugles, le sourire aux édentés, la parole aux mu…

– Mon fils, nous connaissons nous aussi des remèdes, le coupe Père Jean. Je vous remercie.

Brune fronce les sourcils. Pourquoi refuser cette aide ?

Un peu vexé, le colporteur toussote, puis poursuit, en se tournant vers Brune et en plongeant ses yeux étranges, l'un vert, l'autre marron, dans les siens :

– À votre place, damoiselle, je renoncerais à voyager dans la forêt. Elle est dangereuse.

Béatrice, qui l'a entendu, devient toute blanche, et serre la main de Brune.

– Je ne crains aucune bête sauvage, réplique son amie avec une voix un peu trop chevrotante à son gout.

– Je ne parle pas d'animaux, poursuit le colporteur, plus bas, mais de voleurs ! Une bande qui rôde parmi les ombres, et détrousse les nobles voyageurs.

Brune tressaille et sent la main de Béatrice serrer la sienne un peu plus fort.

– Certains parlent d'une véritable meute, souffle Arnolf, en agitant ses doigts couverts de bagues. On les nomme « Les Loups Noirs ».

Le bruit des gobelets d'hydromel posés sur la table par l'aubergiste les fait tous sursauter.

Thibault, assis en face de Brune, caresse nerveusement le cuir de son carquois où sont rangées ses flèches. À ses côtés, Père Jean et Enguerrand observent Arnolf en train de boire.

– Racontes-en davantage, dit soudain le père de Brune au colporteur, qui semble ravi d'avoir enfin capté l'attention du chevalier.

CHAPITRE 3

Allongée contre le flanc de Feu Follet, le corps et le visage emmitouflés dans sa cape, Brune fait mine de dormir. Son père a insisté auprès de l'aubergiste pour qu'ils s'installent tous les cinq dans les écuries, malgré les chambres libres. Il préférait rester près des chevaux et d'Arthur. L'ourson tient chaud à Thibault et Béatrice, endormis contre lui, pour de bon.

Père Jean et Enguerrand sont assis contre la paille, tout près, et parlent si bas que Brune ouvre très grand ses oreilles.

– Te souviens-tu de ces voleurs qui épouvantaient les villageois quand nous étions enfants ? demande son parrain.

Brune a encore du mal à réaliser que le moine et le chevalier sont frères, et qu'ils ont été petits, comme elle.

Enguerrand répond au bout d'un long moment, comme s'il replongeait d'abord dans ses souvenirs.

– Les Loups Noirs… c'était ce même nom, souffle-t-il. Leur cruauté était légendaire…

Brune sent son cœur qui bat. Ces voleurs existent réellement, depuis si longtemps ?

– S'il s'agit bien d'eux, je ne me sens pas prêt à les affronter, même avec ton aide, poursuit le chevalier. Ils sont sans doute armés, et nombreux. Ce serait trop dangereux alors que nous devons protéger trois enfants, lâche-t-il, dans un soupir.

– Nul n'est invincible, réplique son frère. Et tu sais combien je préfère la ruse au combat…

– La ruse? s'écrie presque Enguerrand. Mais comment attirer ces voleurs dans un piège si nous avons le malheur de les croiser? Et comment les rendre inoffensifs?

– Avec des plantes, murmure Brune contre la laine de sa cape.

– Les remèdes… répond Père Jean, comme en écho. Ce colporteur m'a donné une idée, tout à l'heure. Les simples[3] soignent, mais elles peuvent aussi rendre malades…, très malades.

Le silence s'installe. Brune trépigne, mais elle a trop peur de se faire gronder si elle intervient dans la conversation.

– Par précaution, il faudrait trouver un

---

3. Herbes utilisées pour confectionner des remèdes… ou des poisons!

moyen de tromper les voleurs sur les ori-
gines de damoiselle Béatrice, et la valeur
de nos bagages, conclut Enguerrand.

– Changer d'apparence en quelque sorte ?
renchérit Père Jean. Mais comment ?

– Espérons que la nuit nous apporte une
réponse. Dors bien, mon frère… grommèle
Enguerrand, déjà parti sur la route des
songes.

Quand elle entend le coq chanter, à peine
l'aube levée, Brune se faufile au milieu des
bottes de foin.

– Psst ! Thibault, réveille-toi ! souffle-
t-elle à son ami, blotti contre la fourrure
d'Arthur.

– Laisse-moi rêver encore… réplique le
troubadour. Je chantais à la cour du roi !

Brune pose ses poings sur ses hanches, et
attend.

Les ronflements d'Enguerrand font trembler les cloisons des écuries, et Père Jean a déjà quitté sa couche. Béatrice, elle, se redresse, vêtue d'une élégante chemise, sa longue chevelure tressée en deux longues nattes, comme si elle était toujours au château.

– Béatrice, il va falloir salir un peu ton visage et enfiler l'une de mes vieilles tuniques, la prévient Brune, sans autre explication.

– Thibault! le secoue à présent la chevalière. Tes instruments de musique et tes balles de jonglage sont bien rangés à l'arrière du charriot?

– Oui, oui… Laisse-moi tranquille…

– Il faut que je retrouve Arnolf à l'auberge, ajoute-t-elle en faisant les cent pas au milieu de la paille. Il pourra nous aider à nous déguiser…

Enguerrand bâille à cet instant si fort qu'il fait fuir Arthur au-dehors.

– Je vous salue, ma fille, tonne-t-il en grattouillant sa barbe. Pourquoi tant d'agitation?

Brune pose ses petites mains sur les larges épaules de son père et le fixe de ses yeux noirs.

– Ne m'en veuillez pas, mais je vous ai entendus hier, avec Père Jean. Et j'ai trouvé le moyen de tromper les voleurs !

– Ah ? réplique Enguerrand, les yeux ronds.

Brune annonce alors, le doigt levé :

– Nous allons nous transformer en troubadours !

CHAPITRE 4

– Bonne chance, Messeigneurs ! crie Arnolf aux voyageurs, avant qu'ils ne s'enfoncent définitivement dans la forêt.

– La peste soit de ce géant édenté, grince Enguerrand entre ses dents.

– Son nouveau chapeau orné de grelots met mon père de méchante humeur, se moque Brune à l'oreille de Béatrice.

Le chevalier porte aussi des brodequins de cuir trop petits pour ses grands pieds. Brune et Béatrice, assises à l'arrière du charriot, ont quant à elles troqué leurs robes de damoiselles contre des tuniques brodées de fleurs, et orné leur front de rubans de couleur.

– Quelles jolies saltimbanques, les flatte Thibault, en selle sur Feu Follet, Arthur gambadant près d'eux.

Béatrice, amusée, agite son tambourin. Brune jongle avec des noix, tout en glissant des regards furtifs vers les buissons. Leurs déguisements ne sont qu'une faible protection, comparée à l'horrible réputation des Loups Noirs. Mi-hommes, mibêtes, ils s'empareraient, d'après Arnolf, des bourses remplies d'or à l'aide de leurs longues griffes !

– Tout va bien… Jeannot ? demande Thibault avec malice.

Père Jean a lui-même choisi ce surnom. Toujours préposé à la conduite des mules, il a dissimulé sa tonsure sous un bonnet de fourrure, et échangé sa robe de bure contre des braies et un surcot.

– Oui ! J'espère que nous allons bientôt pouvoir jouer notre spectacle ! crie le moine très fort, comme pour attirer l'attention des voleurs.

Brune sait que, dans la sacoche accrochée à sa ceinture, son parrain a rangé les flacons d'Arnolf.

Le temps les pressait trop pour aller à la cueillette de plantes, et le colporteur a garanti que « la poudre de lune » pourrait plonger dans un profond sommeil un troupeau de bœufs entier.

– Hâtons-nous ! prévient Enguerrand, en selle sur son destrier, dont le licol a été lui aussi orné de grelots.

Leurs anciens vêtements, les armes, et leur argent ont été soigneusement attachés à l'aide de cordes, sous le charriot. Tous se sentent prêts désormais à croiser la route des brigands. Au rythme des pas des mules et des chevaux, Brune sent le danger grandir. Et un martèlement, au loin, lui fait tendre l'oreille.

– Vous avez entendu ? souffle-t-elle. On dirait les sabots d'un cheval au galop…

– Ces maudits grelots me rendent sourd, peste Enguerrand.

Brune aperçoit entre les branches une silhouette noire, dans un éclair roux. Mais la vision s'évanouit, comme dans un rêve, et le bruit disparait. Seuls les pas de leurs montures résonnent contre la terre du sentier.

– Aouuuuuuuuh ! Aouuuuuuuuh !

Cette fois, tous ont bien entendu les hurlements.

– Agissons comme prévu… murmure Enguerrand en sautant à terre. Ce sont eux, j'en ai peur.

En s'efforçant de se concentrer, Brune et Thibault préparent un feu. Père Jean apporte un chaudron, dans lequel une soupe de fèves est déjà prête. Enguerrand pose une pomme sur le museau d'Arthur qui la fait tenir en équilibre. Et Béatrice fredonne une chanson d'amour :

— Mon cœur frémit…

La damoiselle s'arrête. Face à elle, rampant sur le sol, une tête de loup s'avance.

Brune plaque sa main à sa ceinture, par réflexe. Mais son épée de bois est cachée sous le charriot, et sa seule arme sera la ruse, elle le sait.

– Nous avons un visiteur ! annonce-t-elle presque sans trembler.

Le loup n'est pas seul. Une dizaine d'autres silhouettes velues les encerclent, peu à peu, dans un silence effrayant.

– Holà, la compagnie ! les salue à son tour Enguerrand.

Tout à coup, les créatures se redressent. Et Brune réalise alors, sans être vraiment rassurée, que ce sont des hommes, aux visages grimaçants, vêtus de peaux de bêtes.

– De l'or ou la mort ! retentit une voix aigüe.

– Nous ne sommes que de simples troubadours sans un sou ! affirme Père Jean en cherchant du regard celui qui a posé la question.

Béatrice fait un signe à Brune, et désigne du menton le «chef» des brigands, qui poursuit, poignard brandi :

– Mmm, elle sent bon votre soupe ! Cela fera toujours l'affaire, avant que nous ne vidions vos poches, ah, ah !

Brune écarquille les yeux. Celui qui vient de parler à nouveau, avec une cape à tête de loup bien trop grande pour son petit visage, est un enfant.

CHAPITRE 5

Dansons et chantons,
Le vin coule à foison,
Et dans ce gros chaudron,
Chacun prend sa portion !

Accompagnés par les Loups Noirs, Thibault, « Jeannot » et même Enguerrand entonnent pour la troisième fois ce refrain joyeux et apportent des gourdes remplies d'hydromel. Brune, virevoltant entre les brigands, agite son tambourin pour mieux les distraire pendant que Béatrice, assise près du chaudron, verse habilement dans les écuelles qu'ils lui tendent quelques pincées de poudre de lune.

Le chef des voleurs, assis sur une butte, reste à l'écart. Il pose et repose sur le museau d'Arthur une pomme que l'ourson garde de plus en plus longtemps en équilibre. Brune le surveille, lui aussi, et se pose mille questions sur la façon dont il arrive à commander des adultes, sans aucun doute cruels et méchants.

— Et toi le géant, sais-tu jongler ? demande l'enfant, sans quitter l'ourson des yeux.

Brune craint soudain pour son père. Cet enfant-loup a quelque chose d'inquiétant. Enguerrand, lui, ne réalise pas tout de suite que la question lui est adressée.

— Oui… naturellement, messire ! bredouille-t-il en prenant quelques pommes dans le charriot.

– Utilise plutôt des poignards ! réplique le chef, ce sera bien plus amusant !

Brune s'apprête à intervenir. Mais son père l'en dissuade d'un battement de paupières. Il s'empare de trois armes tendues par l'un des Loups Noirs, en lance une vers le ciel, la rattrape, puis en lance une autre, une troisième, et les fait tourner entre ses

deux grosses mains. Les lames frôlent ses paumes, l'une le coupe légèrement, mais il continue à jongler, un sourire froid barrant sa barbe.

– Il est doué, il est vrai ! applaudit le chef. Qu'on m'apporte mon repas, ce spectacle m'a mis en appétit !

Brune tremble en lui tendant l'écuelle, et elle trouve que la poudre de lune, de couleur ocre, se voit un peu trop à la surface de la soupe. Mais l'enfant la porte à ses lèvres, et l'avale goulument, comme un loup laperait sa pitance.

– Encore un tour ? propose Brune.

Soudain, derrière le chef, elle aperçoit deux ailes dorées qui dépassent d'un fourré, puis disparaissent. A-t-elle encore rêvé ?

– Alors, ce tour ! lui réclame un autre Loup Noir.

En équilibre sur ses mains, la tête près du

sol, Brune guette l'assoupissement des brigands. Deux chaussures en peau de loup, lacées de cuir, apparaissent alors face à elle, sans qu'elle les ait vues s'approcher, et la voix du chef demande :

– Saurais-tu marcher ainsi ?

Brune avance une main, puis l'autre, mais elle perd l'équilibre, et retombe prestement sur ses pieds.

À cet instant, une main l'attrape par le bras, et une autre approche un poignard tout près de son visage.

Brune a si peur qu'aucun son ne parvient à sortir de sa gorge. C'est l'enfant, à peine plus grand qu'elle, qui la maintient ainsi et ordonne à ses compagnons :

– Vous m'avez l'air bien nobles pour des troubadours. Rien que vos doigts propres et cette barbe bien taillée vous trahissent ! Avancez tous vers ce châtaignier !

La fillette réalise que Père Jean, Thibault et même son père sont chacun tenus en joue par un brigand, le plus grand d'entre eux se chargeant d'Enguerrand.

– Brune, ne tente rien… murmure Béatrice, prisonnière des bras d'un gros Loup Noir qui bâille à s'en décrocher la mâchoire, sans pour autant s'écrouler sous les effets de la poudre de lune.

De l'autre côté de l'arbre, une sinistre cage en bois, visiblement cachée là par les Loups Noirs, les attend.

CHAPITRE 6

– Merci pour le repas, le charriot et les chevaux ! ricane le chef des Loups Noirs, en selle sur Feu Follet, Arthur tenu en laisse à ses côtés.

Brune serre les barreaux de bois avec ses petits poings. Son cœur se déchire à l'idée de ne plus jamais revoir son poney.

– Soyez maudits, crie-t-elle, les larmes aux yeux, pendant que les brigands s'enfuient dans les bois.

– Surveille ton langage, la gronde Père Jean avec douceur.

Brune n'insiste pas. Elle repense aux ailes dorées aperçues tout à l'heure. Et si c'étaient celles du cimier d'un chevalier? Elle n'ose point en parler à Enguerrand, qui reste muet, ses genoux serrés contre son menton...

«Il s'en veut de ne pas nous avoir protégés», se dit-elle.

– Qu'un enfant soit le chef de pareils brigands... j'ai du mal à le comprendre, soupire Béatrice.

– Il est sans doute le petit-fils de l'ancien chef de ces voleurs légendaires, dit Père Jean. Et il semble aussi rusé que son ancêtre...

– Pourquoi la poudre n'a-t-elle eu aucun effet? enrage Thibault. Que va devenir Arthur au milieu de cette bande de loups?

– Ils ne lui feront aucun mal, j'en suis certaine, le rassure Béatrice, pourtant pâle d'inquiétude. Quant à la poudre, Arnolf a peut-être exagéré son pouvoir.

— Prions, mes enfants, propose Père Jean.

Les heures passent, et le jour décline. Brune cherche un moyen d'ouvrir cette maudite cage. Son loquet est bloqué par un pieu, qu'il semble impossible de faire glisser à la main. Même son père n'y est pas parvenu.

— Je n'aurais jamais dû me séparer de mon épée… Et encore moins des poignards avec lesquels je jonglais, soupire Enguerrand.

Sa voix tremble légèrement. Et Brune se demande si c'est de colère, ou de crainte.

— Je suis… désolée, souffle-t-elle. Mon idée de nous transformer en troubadours n'était pas si bonne.

— Mais si ! la console Béatrice. Les Loups Noirs n'ont pas trouvé la cachette sous le charriot…

À cet instant, tous perçoivent le bruit d'un cheval au galop.

— Attendez ! Ils reviennent… s'écrie Brune.

Mais ni le roulement du charriot, ni les grognements d'Arthur ne se font entendre. Ce sont les pas d'un cheval solitaire qui s'approche derrière les arbres. Brune a le cœur qui bat. Les autres dressent l'oreille.

— Qui va là ? demande Enguerrand,

soudain ragaillardi, une main protectrice posée sur l'épaule de sa fille.

Un visage à la chevelure de feu, barré d'un bandeau noir, apparait entre les feuilles d'un arbre. C'était bien un chevalier qui les suivait pendant le voyage, et Brune le connait.

– Oldaric! s'écrie-t-elle. Aïe!

Son père vient de serrer son épaule si fort qu'il lui fait mal. Il parait très fâché de retrouver son adversaire du dernier tournoi au château[4].

– Messires, damoiselles, damoiseau… les salue ce dernier du haut de son destrier noir. Je vous sens en mauvaise posture…

– Incroyable, souffle Béatrice.

– Oldaric… murmure Père Jean, avant de demander à sa filleule:

– Tu as déjà vu ce chevalier?

---

4. Voir *Prête pour le tournoi*, dans la même série.

– Oh oui ! Il m'a enseigné l'art de combattre ! répond Brune, en regrettant aussitôt d'en révéler un peu trop sur son lien avec cet homme.

Pendant que leur sauveur ôte le pieu du loquet à l'aide de sa grande épée, elle se demande pourquoi il les épiait le long de la route.

– Les brigands ne sont pas très loin. Ils dorment aussi paisiblement que des agneaux au bord d'une rivière, annonce Oldaric. Je vous y conduis.

– Sois remercié pour ta bonté, dit Père Jean pendant qu'ils cheminent.

– Un chevalier se doit de secourir ses… amis, non ?

– Cela faisait si longtemps que je ne t'avais point revu… Depuis…

– Le mariage d'Isabeau et Enguerrand. Le pire jour de mon existence, confirme Oldaric.

Brune sait que son père et lui étaient tous deux épris de sa mère. Elle observe Enguerrand qui avance à longues enjambées, le front aussi rouge que les baies qui ornent les buissons alentour.

– Ton costume est fort beau ! lui lance Oldaric, moqueur.

Une fois arrivés à la rivière, les voyageurs se hâtent de récupérer leurs montures, le chariot et Arthur l'ourson.

– La potion d'Arnolf était bien magique, alors ? conclut Thibault.

Père Jean pose un doigt sur sa bouche. Il ne faudrait pas réveiller les brigands, partis pour un long voyage sur la lune.

– Oldaric, tu as été secourable, mais… nous devons suivre notre route, seuls, le congédie Enguerrand.

– Et où allez-vous ?

– À Saint-Pierre-de-Vours ! répond Thibault innocemment.

Les yeux d'Enguerrand se transforment en deux petits poignards qui effraient un peu l'enfant.

– La ville où a vécu Isabeau ! C'est drôle, je m'y rends aussi, s'écrie Oldaric, ravi d'agacer un peu plus son rival. À plus tard…

Le chevalier s'éloigne très vite, mais Brune sent que son ombre ne les quittera pas jusqu'à leur destination.

— Une colombe blanche ! annonce Béatrice en désignant l'oiseau dans le ciel. C'est signe d'un heureux présage !

Brune veut y croire. Le miracle qu'elle souhaite de tout son cœur va peut-être se produire, bientôt. Celui de retrouver sa mère.

Mon code d'honneur

Ne pas se fier à son air farceur :
La vérité sort parfois de la bouche
du colporteur.
La ruse est une arme précieuse,
Mais elle ne suffit pas toujours…
Dans les bois, les ombres sont trompeuses,
ma foi !

TABLE DES MATIÈRES

Christelle Chatel

Une nuit, Brune m'est apparue en rêve. Elle m'a conduite avec elle dans les couloirs d'un château. D'où venait-elle? Quelle était son histoire? Et si ce château, elle le découvrait, comme moi, pour la première fois? Dès le lendemain matin, je décidai de la faire vivre grâce à la magie des mots. Depuis, Brune continue de guider ma plume, et je ne sais pas encore dans quelle nouvelle aventure elle va m'entrainer...

Sébastien Pelon

Quand j'étais petit, je vivais à côté des ruines d'un vieux château fort. Il y avait encore les douves et de nombreux souterrains qui devaient à coup sûr renfermer mille secrets, voire même un trésor. Avec mes copains, nous passions nos journées à arpenter ces vieilles pierres, une cape sur le dos et une épée en bois à la main, chevaliers sans peur au cœur de la forêt. Nous vivions des aventures comme celles de Brune, mais mon Feu Follet à moi s'appelait BMX, il avait deux roues et un beau guidon!

Le chevalier inconnu

Une série de Christelle Chatel
Illustrée par Sébastien Pelon

« Des cris, de plus en plus distincts,
de plus en plus forts. Père Jean quitte
la chapelle où il était en train de prier
et se dirige, dans la nuit, vers la lourde porte
en bois du monastère.

– Un enfant ! Ce sont des pleurs de nourrisson !
s'affole-t-il.

Il ne s'est pas trompé. Une fois la porte ouverte,
il découvre à ses pieds, dans un couffin d'osier,
un bébé emmailloté. Éclairé par un rayon de lune,
son visage ressemble à une pomme rouge,
percée de deux petits raisins noirs. Père Jean
ôte sa capuche, et s'approche doucement. L'enfant
a cessé de pleurer. »

En grandissant, Brune n'aura qu'un rêve : devenir
chevalière et partir à l'aventure.